당신을 다루는 법

이 도서의 국립중앙도서관 출판예정도서목록(CIP)은 서지정보유통지원시
스템 홈페이지(http://seoji.nl.go.kr)와 국가자료종합목록 구축시스템(http://
kolis-net.nl.go.kr)에서 이용하실 수 있습니다.
(CIP제어번호 : CIP2019046187)

지혜사랑 211

당신을 다루는 법

유현서

시인의 말

올리브나무의 전생은 무엇이었을까

아름다우나
설운 바람이 인다

나의 시 쓰기는
올리브의 등을 토닥이고
목청껏 호명해주는 일,

하지만 함께 살아내려는 힘이
시의 마음에 걸려
자꾸만 넘어진다

2019년 겨울초입
유현서

차례

2부

3부

4부

• 일러두기
한 연이 첫 번째 행에서 시작될 때는 > 로 표시합니다.

1부

고요한 식사

유현서

절마당의 작은 연못은 하늘을 먹는 대구 大口, 몽땅 삼키고도 물 넘어도 트림도 없는 저 몸짓. 홍산 한모퉁이를 후루룩 말아자시고도 눈도 깜짝 않는 저 새침. 때맞춰 뛰어드는 소나기마저 흔적도 없이 스르를적 산그림자가 발벗고 들어올 때도 우당탕 큰비 내려 나무들이 축 늘어져 들썩일 때도 행자스님 씻었다 다시 돌아와 눈물보랠 때도, 깟도 없이 썸벅썸벅 저며서 듣는 일일 뿐이리고 넙죽 넙죽 입만 벌려 받아먹을 뿐이리고

소금창고에서 소금 찾기

녹이 슨 모자를 깊게 눌러 쓰고 몇 개의 기둥에 늑골을 기
대고 있다
　기우뚱, 아슬아슬한 각도다

　폭삭 주저앉아 버릴까
　대자大字로 늘어진 잠이 흔치않은 호접몽을 꺼낸다

　밀물과 썰물의 몸 섞는 소리
　등 굽은 염부의 고무래질하는 모습으로 들락거린다

　대여섯 개의 지팡이로 펼쳐진 드라마가
　헐거운 동공으로 노려본다

　바다를 훔치고 싶었다
　오가지도 못하게 붙들어 앉히고 오래도록 바라만 보았다
　그 여자의 눈물이 마르고 마를 때까지
　무더운 날들 속으로 나의 요구만 더해갔으나
　흰 뼈만 남은 그녀와 함께 머리칼이 다 세어 버렸다

　노魯나라의 왕王은 바닷새의 사랑으로 사랑하지 않고
　왕의 사랑법으로만 사랑을 했나

\>

비로소 집다운 집을 짓나보다

검불을 물고 들락거리는 바닷새들 사이로

다시 노을이 건너간다

그 여자는 끝내 나를 찾지 않는다

그 여자의 피가 내 몸속에서 썩지도 않고 숨어 있다

소금쟁이가 사는 방식

소금쟁이에겐 소금이 없다
당신을 밟지 않고서는 당신에게 갈 수 없는 길

소금 한줌 잔잔한 물결 위에 흩뿌려진다
하늘을 팽팽히 당기던 웅덩이가
수천의 볼우물을 만든다

당신의 몸속에 가두었던 구름들이
하나 둘씩 뛰쳐나온다

나는 물위를 걷는 낙타
당신을 흔들어 깨울 때마다 내 몸속에는 신기루처럼
당신의 거울이 자란다

다시는 깨지지 않기 위해
두 팔과 두 다리를 힘껏 버틴다

집채만 한 소금방울이 떨어진다
당신과 나를 위해
아늑한 물속으로 피신할 수 없을까

내가 가진 한 움큼의 소금 속엔

당신의 눈물이 말라 있다
물 위를 걷지 않고는 소금을 구할 수 없다

꽃눈

제 모습으로 살지 않는 눈이 있다

눈이 되기 위해
용쓰는 눈을 물끄러미 바라보는 눈
그것들이 무너질 때마다 기꺼이 눈이 되어주는 눈

아침부터 액정 속의 벌레와 한판 승부를 겨룬다
내가 아닌 것들이 눈을 해치운다
내가 눈이었던 것들에 의해 쓰러진다

두더지 눈 같은 눈
그 눈을 밀어 올리는 힘의 중심에서
앙팡지게 올려다보는
김수영 같은 눈

눈이 질겅거리다가 마침내 나를 삼킨다
보이지 않는 눈의 생애도 꽃을 피워볼 때가 있다
내 눈으로 잠입해오는 순간이 바로 그때라면
영원히 죽지 않는 눈이라고 해둘까

도처에 눈 아닌 것들이
나를 노려본다
나였던 것들이 살아가는 방법이다

상처

빗장을 걸어 잠근 연못가를 거닐다 연못의 얼음과 하나가 된 문장을 찾다

연잎이 된 얼음을 보다 마음과 뼈가 하나인 물을 보다 바람이 된 물을 보다 물이 된 바람을 보다

하지만 내가 본 것은 물도 아니고 연잎도 아니고 얼음도 아니고 바람도 아닐 뿐 내게 온 것들은 온 것이 아닐 뿐 마른연잎에 스민 물이었을 뿐 바람이었을 뿐

물을 머금은 연잎을 보다 연잎이 된 물을 보다 물의 형태를 완전히 벗은 물을 보다

겨울이 그린 판화 속에 내 몸의 옹이를 그리다

꺼내지 못한 마음을 꺼내 더욱 꽁꽁 얼리다 죽을 때까지 세상 밖으로 나오지 못할 얼음덩어리를 겨울연못에 심다

고요한 식사

절마당가 작은 연못은
하늘을 먹는
대구大口

몽땅 삼키고도
물넘이도 트림도 없는
저 몸짓

동산 한 모퉁이를 후루룩 국수처럼 말아 자시고도
눈도 꿈쩍 않는 저 새침
때맞춰 뛰어드는 소나기마저 흔적도 없이

스리슬쩍 산 그림자가 발 하나 들여놓을 때도
우당탕 큰비 내려 나무들이 축 늘어져 들썩일 때도
행자스님 나갔다 다시 돌아와 눈물보탤 때도

칼도 없이 썸벅썸벅 저며서
들이는 일일 뿐이라고
넙죽넙죽
입만 벌려 받아먹을 뿐이라고

먼 여행에 대한 기억

늘어진 호접몽을 꾼다
기둥 몇 개로 버티고 있는 소금창고 그늘 아래다

이쯤에서
산책을 하던 장자도 발길을 멈추었을 것이다

나비가 꾼 꿈이었나
물속의 기둥이 소금창고를 무너뜨린다
나비를 지탱해주던 고무래가 아지랑이처럼 흔들린다

들고나던 바람이 햇빛을 키질하고
나비의 꿈속에서 꽃소금이 쏟아진다

가파른 갈증
나비와 나는 여행 한번 한 적 없다
벌떡 일어난 나비가 꿈속을 뒤흔들어놓는다

나비도
당신과 내가 하나라고 생각했을까
녹슨 양철지붕 아래 퉁퉁 마디들 붉어지고

등 굽은 염부가 바닷물을 끌어올린다
나비 한 마리가 소금 꽃에 앉았다

알집

사마귀 알집을 보았다
동그란 스펀지 모양의 작은 덩어리

죽는 순간의, 죽임을 당하는 수컷의 흔적
누르스름하게 젖어 있다

저 집은
죽도록 사랑했던 그 허기짐이 똘똘 뭉쳐진 점
혹은 동그라미, 그들만의 우주

당랑규선螳螂窺蟬, 누가 나를 물어 죽일까
잔뜩 긴장하고 들어가 본다

길고 날카로운 미늘의 앞다리, 360° 회전시키는 목, 온몸
을 꼼짝 못하게 하는 눈빛, 앞다리를 쳐들고 날개를 최대한
펼치던 허풍선이

내 안의 그가
수시로 나를 점령한다

나를 물어 죽이고 바깥으로 내몰며 금세 허기지게 하는,
한 자리에서 꼬박 이틀을 기다리다가 돌아오는, 그의 발길

질에 차이는 연가시같은

　　내 불룩한 뱃속에
　　머릿속에
　　나를 꽁꽁 가둬버리는 집

　　누군가 내게 집을 짓고 있다

물고기 비파

알록물고기 한 마리 꼼짝도 않고 유리창에 눌어붙어 있다
진공청소기다

저렇게 몰입해 본 적 있던가

외줄에 의지한 채 고층건물 유리벽을 닦는 남자들
올려다 볼 때마다
가느다란 부챗살을 흔든다

돌 틈 사이를 쪼물거리다가 바닥을 등지고 쉴 새 없이 주
둥이근육을 씰룩거리는 알록물고기
　저 동그란 빨판 속으로
시원스레 콸콸
들고나는 것 없다

물방울 방울방울 올라오는 수면 위로
가느다랗게
비파 뜯는 소리만 들리는 듯하다

　자신이 물방울처럼 생긴 줄 모르고 순간순간 힘차게 활대
를 잡아 늘인다

＞
이리 왔다 저리 갔다
하늘도 바닥이라는 듯이 허공을 닦는 남자들

서울의 가장 높은 곳에서
빈 하늘에 몰입한 밑바닥 생生의 연주법을
침묵으로 닦아낸다

아름다운 비행

가을 햇살을 입에 문 철새 떼

눈부시다

바람이 불 때마다
비상을 꿈꾸는 것일까
들썩이다간 이내 곤두박질친다
주검들을 수습해 태우는 저 늙은 형광 조끼의 눈빛에
그늘이 진다

햇살이 최고로 부드럽고 야문 날
바람의 끝이 너무 날카롭지 않은 시간을 택하여
가장 아름다운 날개를 펼치고 싶은 새

반짝 반짝
첫 비행의 시동을 거는
잎사귀들

나뭇잎은 새처럼 이 나무 저 나무를 꿈꾸지 않는다
다만 딱 하루만 날아 흙을 밟고 싶은 것이다

단풍 수의 한 벌 입고

처음이자 마지막
단 한 번의 새가 되는 꿈으로 산다

섬 속의 섬

개펄 한쪽에
철제의자 하나 처박혀있다
색깔 없는 칠면초도
진흙 품은 석화石花도
흘깃거리기만 할뿐
말 한 마디 건네지 않는다

뻘밭에 부려진 저 무념無念이
영락없는
치매를 안고 들어온 할머니다

그 누구의 중심도 앉힐 수 없는
사람과 사람 사이의 섬

녹슨 정신 줄을 늘어뜨린 채
끼룩끼룩
섬 하나 날아오를 채비를 한다

놓친 끈이 섬이다
자기 이름을 아는 사람이
아무도 없는 섬
파도소리 갈매기소리 바람소리도

지워진 섬

왜 섬 속의 섬으로 떠도는지
묻지도
대답할 줄도 모르는 섬

섬과 섬 사이에
두 다리가 부러진 철제의자가 나뒹굴고 있다

호박꽃

애호박을 등에 업은 호박꽃이 함초롬히 젖어 있다

새끼를 품고도 벌을 부르는 저 화냥기,

꼭꼭 여미었던 옷고름을 풀어 제치고도 남겠다

초록에 진노랑은 찰떡궁합이라 거침없이 내로라하는데

누가 호박꽃도 꽃이냐고 되물을까

젖망울에 살짝 띠운 꽃술이 닫힌 지 오래된 꽃방을 질끈
조인다

호박벌이 난다

윙윙거리는 소리가 물 흐르듯 잘잘거린다

수시로 글썽거리는 호박꽃이 참 예뻐 보이는 날, 흠뻑

이슬에 젖고 싶다 호박꽃이 되고 싶다

당신을 다루는 법
― 열쇠와 자물쇠

난 꿈꿔요 당신의 몸속에서 유영하는 꿈을,

아무 때나 받아주지 않기에 속이 타요 하루에 딱 두 번,
출근할 때와 늦게 귀가하는 밤

스스럼없이 쥐요

당신에게 들어갈 땐 절대로 급하게 굴면 안돼요 당신 몸
이 열릴 수 있도록 아주 부드럽고 매끄럽게 살살 노크해야
해요 서두르면 반드시 탈이나요 너무 긴장해 나를 받아주
질 못할 때도 있어요 그럴 땐 아주 부드럽고 매끄러운 윤활
제가 필요해요

또 또각거리는 소리가 들리네요 혼자가 아니에요 저들도
우리처럼 하나가 되길 원하나 봐요

왜 이리 뜨거워지죠 숨이 가빠오네요 철커덕, 당신이 열
리네요

멍나무

　나는 당신을 멍나무라 부른다

　멍이 없으면 이 세상 아픈 말씀들 갈 곳이 없어진다
　구멍구멍 희푸르게 앓는다
　내가 뱉어낸 상처투성이의 말들이, 당신이 절벽처럼 응
수한 비수ヒ首 품은 말들이
　허공으로 솟구치다 안착하는 곳

　그에게 수신되지 않고 당신에게 송신되어 곧바로 순해지
는, 덕지덕지 꿰맨 상처

　비틀거리는 노숙자도 지겟작대기 부러져라 두들겨 맞던
망아지도 수놈들의 발정에 불붙이던 분녀粉女의 질펀한 욕
지거리도 넥타이의 주먹감자도 앳된 며느리의 눈물방울도

　오지게 품고 나서야 비로소 완벽해지는 당신,

　갈 곳 없는, 구중심처九重深處에서나 떠돌 말들이 붕붕──,
시퍼런 이파리로 환생하는 나의 플라타너스!

　깊은 멍을 가진 사람만이 머물게 만든다
　그의 그늘이 만평이다

2부

나의 사랑 단종

유희서

눈물로 맑힌 당신의 청령포에 와 있습니다
한걸음 한걸음이 천리 길이지요 마음의 관룡포는 백마를 타고 태백산으로 오르겠나요

용안을 적시던 눈물은 강물 높이를 한층 부추기고요 흐르는 물길은 수천수만의 낭떠러지를
폭포수로 내립니다

그때 물수제비를 뜨던 조약돌도 여전히 여린 피를 흘리나요

발을 뗄 때마다 돌덩이들이 일어나 내 가슴을 때립니다 쉬지말고 이를 의지한 노송
한 그루가 당신을 따라 점점 이울어 갑니다

노산대에서 만이 한양하늘이 그리웠겠습니까
어린 소나무들 만이 당신의 백성이었겠습니까

관음송 밭치에서 당신처럼 앉아 옷고름을 풀어헤칩니다 눈물을 고요히 받아 적어
보나 여린 문장만이 내 빈 젖을 빨 뿐

나는 당신의 아내
당신의 어머니
당신의 애인

수천수만의 사람들이 당신을 싣고 서울로 향합니다

나의 사랑 단종

눈물로 맑힌 당신의 청령포에 와 있습니다
한걸음 한걸음이 천리길이지요 마음의 곤룡포는 백마를
타고 태백산으로 오르셨나요

용안을 적시던 눈물은 강물높이를 한층 더 부추기고요
흐르는 물길은 수천수만의 낭떠러지를 폭포수로 내칩니다

그때 물수제비를 뜨던 조약돌도 여전히 붉은 피를 흘리
나요

발을 뗄 때마다 돌덩이들이 일어나 내 가슴을 때립니다
쇠지팡이를 의지한 노송 한 그루가 당신을 따라 점점 이울
어집니다

노산대에서 만이 한양하늘이 그리웠겠습니까
어린 소나무들만이 당신의 백성이었겠습니까

관음송 발치에서 당신처럼 앉아 옷고름을 풀어헤칩니다
당신의 눈물을 고요히 받아 적어보나 아린 문장만이 내 빈
젖을 빨 뿐

나는 당신의 아내

당신의 어머니
당신의 애인

수천수만의 사람들이 당신을 싣고 서울로 향합니다

흘러간다는 것

물 흐르는 대로 살아야
제대로 산다지만
어디 그게 쉬운 일인가

바위를 휘감아 돌 때는
물도
긴장을 한다

흰 물살은
그런 물의
상처이자 절규, 비명!

처음엔 몰랐을 것이다
제 몸 부딪혀 만들어내는 물무늬가
사실은
제 울음소리의 몸이라는 걸

달뿌리풀 건들며 갈대사이를 흐를 때
비로소 강물은 알게 된다

어느 사이에
다슬기 물풀 모래무지를 품은

세상의
어머니가 되어있다는 것을

물비늘 아프게도 눈물겹다

너럭바위에서의 풋잠

이제는 자라지 않는 아버지의 의자다

구름이다
굳기름처럼 굳어버린

자신을 들어 옮기던 팔도 다리도 떼어버린 지 오랜

키를 높여도
물이 되지도 새가 되지도 바퀴가 되지도 못하고 늘 제자리인

솜털조차 곤두서는 날
납작하고 가늘어진 너를 위한 두텁손이 금세 보드랍고 따순 둥지가 되는

만만한 또랑 같은 이 발 저 발에 걷어차이는
개 같은 인생 한 빗금

가로등 아래 젖고 있다

피멍든 등때기에 고추잠자리 한 마리
장대비에도 고스란하다

\>

번쩍 안아

생애 최초의 비행, 당신이 그렇게 열망했던

저쪽 그늘로 옮겨주고 싶다

나이테

산책숲길 그루터기에 앉아 거친 숨을 고릅니다
턴테이블을 돌고 있는 LP판의 바늘침처럼 서서 수천의
얼굴을 밟습니다

배불뚝이, 지팡이, 모자, 애호박, 간고등어, 신문지에 말
린 돼지고기, 3kg짜리 삼양설탕 얼굴

결 고운 물결무늬의 트랙들이 가지런한 치아처럼 드러납
니다
한쪽으로 치우치거나 끊긴 기형도 있습니다만 제각각의
내력들이 소리 없이 뛰쳐나옵니다

빼빼마른 나무, 휘어진 나무, 근육질의 나무들이 빼곡하
게 들어찬 숲이었던가요

왼쪽에서 부는 바람이 세찼습니까
내 오른쪽으로 난 물길이 더 수월하게 열렸습니까

물비늘처럼 어룽거리는 트랙에서 재잘재잘 방금 수업을
파한 조무래기들이 찰랑거립니다 나락 베는 낫 소리에 미
꾸라지 팔딱팔딱 뛰기도 하고요 죽은 아버지의 밭은 기침
소리에 함박꽃이 깜짝 놀라 고갤 들기도 합니다 멀리서 촤

르르― 자전거 체인 감기는 소리, 당신이 막걸리를 사가지
고 오시네요

　왼쪽도 오른쪽으로도 바늘침은 더 이상 돌아가지 않습니
다 턴테이블도 망가진 지 오래고요

　물오른 가지를 비틀어 불어준 당신의 버들피리소리처럼
　나 여기 있다 나 여기 있다
　휘파람새 소리만 나이테 위를 깨금발 뛰기 하고 있습니다

갈대

소소
스스스
치르 치르 치르르

겨울갈대는 악기다
바람이 연주하는 손길 따라 가락이 달라진다
거문고 소리로 대금소리로
무겁게 또는
가볍게
새소리로 들리다가 파도소리로 들리다가
문득
쩌렁쩌렁 울리던 산 소리꾼의 소리다가
호곡소리 속 상여꾼의 만가였다가
젊은 미망인의 소복 끄는 소리로 걸어오다가

봄비 내리도록 발 부르트게 견디며 소리란 소리 다 토해
내고도
바람처럼
아무것도 품지 않는 소리

치르 치르 치르르
스스스
소소

능소화에 부치다

수직의 낭떠러지를 맨주먹 맨발로 오른다

당신에게 가는 길, 혹은 내게로 오는 외골목을 주황나팔
내어 불며 간다
독毒을 품고 온다

방향 없이 가두는 독, 나는 불륜不倫이라 명명했고
당신은 사랑이라 칭했다

소문은 누구에게나 치명타致命打다

내게서 찾는 것일까
담 너머 금낭화 씨앗이 영글다 떨어지고
함께 거닐던 샛길이 폭풍우에 짓밟힌다

어쩌면 한 잎
어쩌면 한 줄기
어쩌면 한 뿌리

통꽃으로 이우는 당신, 황홀한 잠시잠깐의 흡반吸盤이다
늘 꼿꼿한 슬픔 하나가 나를 주저앉힌다

못이 박히다

박힌다는 것은
수인囚人이 된다는 것이다
무기징역 이상의 범법자가 된다는 것이다
벌건 눈물 흥건히 고인
쟁반바위가 된다는 것이다
아니다
핏덩이로 생살에 박힌
철천지원수가 된다는 것이다
사각의 무덤 속에
벽 하나 갖는다는 것이다
찔레꽃 덤불 속에서 입가에 하얀 꽃을 피우던
어린 오라버니, 못이 되어
하늘에 박혔다
어머니 가슴에 못을 박았다
평생을 빼내려 해도
빼내지 못하는 못이 있다
사람이 못이 될 때 가장 아프다

민들레

의례히 피는 꽃이라기엔 너무 죄송하다
지상 최대의 목표가 겸손인 것처럼 몸을 바싹 낮추고 살얼음 박힌 산비탈을 읽고 있다

밟으면 밟히었다 송두리째 뽑을라치면 송두리째 뽑혀주었다
싹둑, 칼로 도려내면 퐁퐁 뿜어대는 붉은 피마저 거름으로 삭히었다

한 뙈기 두 뙈기 늘려간 땅이 해마다 번져갔다

헐거워진 문지방에 걸터앉는다

열여섯에 시집 온 어머니가 일궈냈던 묵정밭에 수건을 머리에 둥글게 말아 얹은 민들레, 화살촉처럼 삐죽삐죽 올라와 있다

비탈길을 맨발로 달려 나오신다

사막에서

소노라 사막에서 뿔을 뽐내는 제왕뿔도마뱀

천적인 코요테가 다가오자 모래바람에 단련된 뿔을 흔들
며 위협해 본다

팽팽한 긴장감,

단숨에 삼키려는 코요테 앞에서 체념한 듯 눈을 감는 도
마뱀

그러나 코요테를 향해 움찔 부릅뜨는 순간, 그의 눈에서
시뻘건 피가 뿜어져 나온다
스스로 혈관을 파괴하면서까지 살려는 저 처절한 몸부
림!

놀란 적敵은 결국 줄행랑이다

그렇다
지금 이 시를 읽는 자
단 한번이라도 맹골수도孟骨水道에 갇혀 본 적이 있는가
지켜야 할 자를 지키지 못한 적이 있는가

>

사막은 마지못해 사는 자들의 피눈물이 얼어붙은 땅
당신은 소노라 사막 어디쯤에 계신가

감자 캐는 날

고자리 먹기 전에 서둘러라
널찍이 떨어져 호미를 들어라
찍히거나 끊기면 안 된다

이젠 들을 수 없는 소리
들리지 않는 소리들을 들쳐 업은 옥수숫대가
감자밭 저쪽에서 슬며시 내려놓는다

네 살배기를 떼어놓고 간 어미 혼자 쭈그리고 앉아
연신 감자를 낳는다
씨알 굵은 감자마다 실금이 간다

까맣게 든 멍이 피멍이라지
한 뿌리 한 덩이인 게 감자라지
아린 맛엔 굵은 눈물이 명약이라지

감자 한 알마다 스민 한숨
감자 한 알마다 박힌 옹이

비장한 알뿌리들
줄줄이 엮여 나온다

>

　애를 맡아 줄 사람 찾았어요
　주말쯤 보내야겠어요
　호미에 찍힌 감자 하나가 허옇게 나딩군다

　마당 한쪽에 피운 모깃불에
　풀벌레소리 모여든다
　끊긴 감자 줄기에 호미로 앉아
　찌르르 찌르르 속울음 캐낸다

폐교에서 출석을 부르다

저요, 저요!
망초꽃이 먼저 손을 든다
축구공이 튀어 오르고
얼굴 없는 발들이 풀먼지를 일으킨다
누군가 손만 내밀어 종을 친다
종소리가 들리지 않는다
하이디, 라고 쓴 손가락 뒤로
몽당분필이 한번 더 부러진다
산안개가 몰려온다
학교명패를 입에 문 교문이
서서히 잠긴다
뒷산 소쩍새가 내려다본다
알프스에 오르기 위하여
풍금의 페달을 세게 밟는다
폐부 깊숙이 바람이 샌다
누가 틀어놨는지
저요, 저요!
꼭지 떨어진 수돗물 소리만 대답한다

까치밥 골목

한라봉 배꼽입술 노래하며 지나가고 쫄쫄이 교복바지 헤드폰 지나가고 노랑 뾰족구두 실룩 엉덩이 지나가고

헐레벌떡 서류가방 지나가고 돌절구 속 어리연꽃 기지개 켜고 쪼그려 앉은 돌멩이들 제자리높이뛰기하고 낮게 엎드린 채송화들 까치발로 키재기하고 등나무 애기꽃 숭어리숭어리 흙 담장 넘나보고

노랫소리 돌아오고 헤드폰 돌아오고 실룩엉덩이 돌아오고 서류가방 돌아오고

하나하나 출석 체크하듯 내려다보는
붉은 알전구 하나

전봇대를 내려와
동네 한 바퀴
휘돌아본다

아직은
눈도 내리지 않는 밤
지친 아버지의 헛기침은 어디에 매달려있나

이파리에 박힌 별

눈이 깊은 아이와 그 아이의 엄마는
가문마당에 피어난
한련 이파리를
별이라 불렀다

지상에 단 하나뿐인 별

주황으로
노랑으로
밝은 빛 바탕에서 더욱 빛나는 별

그 아이를 길러낸 별 하나
어디에선가 내려다보고 있을 초록별 하나

별과 별 사이에 버려진 별이 있다
그 누구도
뽑을 수 없는 별
뽑히지 않는 별
만날 수 없는 별
하늘로 오를 수 없는 별

3부

헛꽃

아래층 반지하집 그녀가 흐느낀다
빗속으로 뛰쳐나온 그녀의 울음소리가 빗방울에 갇힌다

수몰지에 묻힌 오래된 느티나무처럼
나도 갇힌다

웃어요 웃어야 해요
운다고
될 일이 안 되고
안 될 일이 되는 게
아니지 않아요?

사방에서 꿀벌들이 잉잉거린다

웃는 게 전부라는 듯
웃는 꽃
아무도
묻지도 알려하지도 않는 꽃

　물 밖으로 나온 물고기 지느러미처럼 허방을 쳐도 웃고
목이 잘려나가도 웃고 팔이 부러지고 손발이 으깨져 꽃병
에 꽂히어도 웃고

＞

웃고 또 웃고 울어도 웃는 꽃

스스로 꽃인 줄 모른다
깊은 통점에서 피워 올린 꽃일수록 화락 눈에 띈다
꽃그늘마다 다시 꽃이다

곤궁한 힘

버려진 배추들로 가득하다

베트남신부를 맞을 노총각배추, 아이 등록금 배추, 노모
의 틀니배추, 경로당 팔순잔치 배추
죄다 된서리를 맞았다

만 원짜리 배춧잎을 물고
송아지 몇 마리
고속도로를 메운다

주인도 없이 음매 음매
먼저 간 엄마를 찾아 상경上京하는 길일까

얼음덩어리들을 박차고 웅크린 산맥처럼
달리지 않는 듯 달린다

깊이 박힌 얼음조각들이 바람소리로 쏟아진다
움켜쥐었던 주먹들이 어둠속으로 사라진다
빼내지 못한 물의 뼈일수록 살벌하다
해마다 그늘에서 나 몰라라 빛난다

바닥이라는 말

싸가지가 있다는 말이다
희망이라는 말이다
가능성이 무궁무진하다는 말이다

깡통구좌가 되었다는 말, 바닥을 쳤다는 말, 밑바닥생활
을 했다는 말, 이제 남은 것은 올라갈 일뿐이 없다는 말, 더
이상의 낮은 곳은 없다라는 말, 내 부끄러움 서러움도 다 내
려놓았다는 말,

하지만 바닥을 떠나서는 살 수 없다는 말
발판이 되어준다는 말이다
디딤돌이 되어 더 멀리 나아가게 한다는 말이다
마중물이 되어 준다는 말이다
어머니가 되어 준다는 말이다
괜찮아 괜찮아
등을 두드려 준다는 말이다
넓은 품이니 맘 놓고 뛰어보라는 말이다
간사한 발바닥 손바닥 낯바닥 내려놓고
허허벌판이 되어보라는 말이다
비우라는 말이다

바닥의 밑에도 바닥이 있을까

밑이라는 말,

밑으로 깊숙이 파고들어 밑에서 하늘을 올려다보라는 말,

하늘에서 바닥을 내려다보라는 말이다

그리운 뿌리

계곡을 오르다가
아랫도리 훤히 드러낸 산벚나무를 본다

뿌리와 뿌리 사이에 빼곡히 박혀있는 돌멩이들
버리지 못한 상처들이다

밤마다 바뀌는 넥타이들이 대수인가
돌도 집어삼킬 듯 숟가락 부딪히는 잔뿌리들을 위해 속살
을 팔아야했던 실빗집 그녀

이젠 팔순을 넘기셨겠지
반 이상이 악다구니로 젖은 생, 돌부리처럼 드러낸 욕창
위로 화르르 화르르 꽃무덤으로 쌓인다

송곳우박을 맞으며 입에 달고 산 소리소리
잘 커야 한데이
그래야 내 죽어도 죽은 게 아닌기라

막 날기 시작한 나비 한 마리 팽팽한 고요를 가른다

물너울처럼 번져가는 산벚나무 꽃여울
내 어린마을의 뿌리까지 물들인다

이슬꽃

내 꽃 하나가 그 누구의 꽃이 된다면
내 꽃잎 한 장이 그 누구의 깃발로 펄럭인다면

몸속의 꽃
겨우내 피워 올린 꽃
꽃잎 한 장 건네주고
꽃술 하나 떼어주고

꽃이 핀 흔적이 없어도 좋아라
했는데,

당신은
당신이 가진 꽃이 꽃인 줄 모른다
여기저기 뿌릴 줄만 아느냐
꺾을 줄만 아느냐
꽃이라고 다 꽃이더냐

햇빛 하나 내려와 꽃을 꺾고
바람 하나 내려와 꽃을 꺾고
햇빛 한줌 내려와 나를 먹고
바람 한줌 내려와 나를 먹고

>

아침나절에 스러지더라
그런 당신이 꽃이다
내가 건넨 꽃도 금세 시들더라
그게 바로 당신이다

목련꽃잎을 밟다

저리 간절한 기도를 보셨나요
가지마다 피워 올린 겨울이 오히려 화사합니다

오므린 봉오리의 북향이여
더 이상 찬바람을 보내지 말아주시옵기를

기도 끝에 피어올린 촛불심지입니다
꽃잎을 받쳐 든 온몸이 제단입지요
저리 하얗게 피운 불꽃이 당신 스스로를 앞당깁니다

추스를 사이도 없이
봄은
적敵처럼
예고 없이 깨어나고

심지만 남은 꽃잎은 벌써 땅으로 돌아눕습니다

되돌아가는 저의 모습이 추합니까

꽉꽉 밟아주신다면 통通하겠습니다

늙은 호박을 가르며

우주는 단단하다
우주는 한없이 연약하다

나를 가둔 우주는
담장을 타고 여름내 실랑이한 폭염과 폭우처럼
쉬
칼끝을 허락하지 않는다

여러 번의 힘을 가하고야 갈라지는
내 둥근
상상속의 늙은 호박
곱게 늙을수록 서슬 푸른 도끼날 같다

호박죽과 호박씨
그 달콤함과 고소함 사이

상부上部엔 종유석처럼 여린 싹이 돋고
하부下部엔 구더기들로 가득하다
절반의 죽음이 절반의 생명을 길러낸다

어머니 장례식 날
게걸스럽게 돼지국밥을 비워내던 임신 중의 나처럼
한 우주는 또 한 우주를 먹여 살린다

견딤의 방식

활어횟집 수족관에 빼곡한 물고기들
죽을 차례만 기다린다

뺨들을 비비며
비켜 나간 서로의 안부를 묻는다

견딤

죽음과 견딤의 값으로
방부제가 날까 항생제가 날까
뜰채가 잠시
한눈을 파는 사이

나의 공복은
또 어떤 살해를 꿈꾸는지
내 몸 곳곳에서 비늘로 돋는 허기

나는 누구의 뺨을 만져봐야 하는가

수평

오늘은 비가 수평으로 내린다
바람도 불지 않는다
하늘부터 지상까지의 거리가 아닌
빗방울과 빗방울 사이
마음과 마음을 재고 있다
벽을 뚫고
사이와 사이에서 생긴
뾰족한 유리조각들을 밟고
둥글게 궁굴려준다
가로로 내리는 비는
서 있는 것들을 남김없이 누인다
창밖의 빗방울도 방안의 빗방울도 누인다

비 내리는 날
사선을 긋는 빗방울들
고요히 안착한다
하나도 어긋남이 없이 젖어든다

눈빛에 갇히다

눈을 맞추려 하지 않았다
가슴을 밀치며 피했다
좀 지나고 나서야 파고드는 눈빛

아이는 알고 있었다 잠시 왔다가는 가짜엄마인 줄을
과자 몇 박스 앞에 놓고 사진 몇 방 찍고 가는, 한 달에도
수없이 바뀌는 얼굴들
안기면 안길수록
콕콕 눈물 바늘에 찔린다는 것을

빗장 건 아이의 눈빛에
스무 해 동안 닫혀 있던 내 빈 젖이 갇힌다

맑다
호수다
빠져나가고 싶지 않다

단 한 번도 엄마 가슴을 열어보지 못한 아이, 섣불리 엄마
라고 부르지 못하는 아이에게
내가 먼저 갇혔다

단풍잎으로 흔들리는 조막손이

더 이상 보이지 않을 때까지
돌아보고 또 돌아본다

요실금

여러 장의 속옷이 널려 있는
빨랫줄 아래다

웃기만 해도
개구리 허방 디딘 듯 깜짝깜짝 놀란다고

어머니는
서리 단풍처럼 빨개지신다

평생 조여만 왔을
꽃살무늬

자식 아홉에게 그려 넣은 꽃잎들은
제각각 어떻게들 피워내고 있을까

수도꼭지에서
똑
똑
똑
꽃살문 무너져 내리는 소리

45도쯤 기울어진
내 꽃방의 바지랑대를 집어삼킨다

빨래

비눗기 걷힌 입으로 툴툴댄다

살아있음을 느끼게 해줘 허구한 날 줄에 매달려 바동거리
는 내가 아니라 팔랑거리는 나뭇잎 좀 만지게 해달라고 일
렁이는 파도를 타게 해줘 젊은 피가 흐르고 있다는 걸 알려
줘 네 속으로 들어가 내게 말을 걸고 싶어 위로하고 위로받
고 싶어 내 꿈을 얘기하고 싶어

온기가 빠져나간 땟국물자리를 한쪽으로 걸어놓고
너를 내려다보다가 가끔
난 즐기지
네가 은밀히 건네는 귓속말을, 지금 너의 거처가 어디라
는 것을, 숱한 낙엽에 걷어차인 신음소리를

낙타의 눈물이 사막 깊숙이 스밀 때, 모래바람이 할퀼
때, 쓰러진 핏방울이 내게 튈 때마다
낱낱이 기록해두지
언제 공개될지 모르는 난, 블랙박스야

하지만 너의 주변을 빙빙 돌기만 해
환하게 편 공중에 이내 매달릴 수밖에 없는 껍데기에 불
과하다고

>
나도 가끔 너를 장롱에 처넣고 싶어
내가 너를 입고 있는 줄은 모르지?

4부

무너진 건물 틈새로

바닥도 벽이다

밑바닥을 받쳐주던 기둥이 허공에 뜬 벽을
바닥으로 끌어내렸다
지붕을 받쳐주던 벽도 내려앉았다
정면과 맞대응하거나
가자미처럼 외눈으로 볼 수밖에 없는 벽도
원래는 바닥이었다

시커먼 밑바닥에서
몇 십층 빌딩의 무게를 온몸으로 받아내던

등 굽은 어머니처럼

무너진 건물 틈새를 비집고 들어와
어린 질경이에게 수유하는 햇살 한줌

바닥을 박차고 나아가는 일만 남았다
서로의 벽을 허물 일만 남았다

귀엣말이라도 건네는 듯
바닥까지 허리를 굽힌 채 어르고 있다

헬로우 마미

스크린 바깥으로 밀쳐버리고 싶다

부엌데기에다 청소만 하는 아내 잔소리쟁이 엄마 동전 한 닢 기어이 깎고 마는 아줌마가 산산조각 흩어져 페이드아웃 되는

바탕화면에,

마릴린 먼로의 샤넬 향을 입력하고 싶다
흔들의자에 앉아
커피 향과 니체와 베토벤을 제대로 흔들 줄 아는
그녀로 깔고 싶다

함께할 사람 없나요? 스크롤링 되는 상단에 뜬금없이 '엄마를 죽이고 싶다'의 자막이 흐른다

네모박스 검색란에 '엄마'를 쳐본다
어머니 어머님 어미 엄마 모친 새엄마 의붓어머니 계모 아내 마누라 아줌마가 일시에 고개를 쳐든다 와이프 처 허스밴드 가족이란 집합명사까지

때마침 메시지 알림서비스가 수신된다

부에노스아이레스에서 전송된 핸드폰 사진
헬로우 마미!
딸아이가 손을 흔든다

시래기

버려지지 않기 위해 발버둥쳤다
햇살과 내통하며 적당히
바람과도 친했다
하룻밤 사이에
손가락 길이의 키를 늘인 적도 있다
S라인은 그녀의 천부적 재질, 기왕지사
방송 진출이다
핏줄을 돌돌 말아 똬리까지 틀어봤다
내가 쓰레기라고?
버려진 무청이 시래기로 다듬어질 때
쓰레기는 더 이상 쓰레기가 아니다
덕장까지 차려놓은 그녀가
백화점 CF로 떴다
만능 엔터테이너로 송출되는 스크린에선
연일 품절마감이다
그녀만의 비법을 전수받을 수 없을까
웅크린 가마솥 안에서
부드러워지는 법을 터득한다
머리채 휘어 잡히던 날은 감히
상상도 못할 일이었다

우산이끼

서울놀이마당 계단과 계단
그 직각의 틈에서
작고 여린 우산이끼들
조로록 웃고 있다
흙 한줌 없이
돌과 돌 사이에서 피어난
가냘픈 생명,
아기손톱보다도 작은 우산들을 쓰고
어깨 맞대고 조잘거린다

비도 내리지 않는데
우산을 쓰고 석촌 호숫가를 걷는 할머니 세 분
몸도 웃음도 굴러가듯 깔깔거린다
휘돌아오는 바람을 얼마나 견뎌내야
저토록 눈부실까

아침밥상에서 언쟁을 벌였던 비구름이
그들 앞에 무릎 꿇는데
신명나게 한판 벌인 서울놀이마당 한쪽 구석
맑음/ 섭씨 18도/ 사소하지 않음……
일기예보 전광판이 또 눈부시다

형광등

양쪽 눈 밑이 검게 변해가던 형광등
며칠 전부터 깜박임이 심상찮다
천장에 바짝 드러누워 꼼짝 못하고
어머니, 말기 암의 거친 숨 몰아쉰다
너무 뜨거운 제 몸을 든 채
거꾸로 매달려 살면서도
투정 한 번 않던 그녀가
사력死力을 다해 깜박거린다
그 짧은 순간,
반들반들 닦인 무쇠 솥이며
아침 마당을 쓸던 소리
장독대 옆 봉숭아처럼 터지는
아버지 기침소리까지 함께 다가온다
미안타는 눈빛들이 가득 모인 어둠 속의 안방
한동안 그 방엔 묵묵부답黙黙不答, 불이 켜지지 않았다
불을 켤 수 없었다

옆집여자

엄마를 꼭 빼닮았다는 그녀에게서 감꽃냄새가 난다

봉숭아씨앗처럼 튕겨져 나간 배다른 아이 둘을 낳은 엄마

아버지가 당신 때문에 비명횡사했다는 오명을 쓰고 뛰쳐
나간, 팔자 더러운 엄마 이야기를 눈물콧물로 닦아내는 여자

어린 그녀를 버린 대가로 천벌을 받았다는 소문이라도 듣
고 싶다는 여자

그러나 이젠 살아있다는 소식만이라도 듣고 싶다는 여자

단 한 시간이라도 엄마 품에서 펑펑 울어보고 싶다는 여자

늦은 밤까지 감꽃 떨어지는 마당으로 나를 조용히 불러
세우는 여자

월미도

바다를 보러 심야버스를 탔다
허공에 대고 그리는 그림처럼 달빛에 풀 수밖에 없는 마음 둘이
나란히 좌석을 같이 했다

새벽에 도착한 월미도는 안개가 자욱했고 한 달에 한 번 여자임을 확인하는 날처럼 비릿했다

밀물 너머로 보이는 파리한 애인의 눈빛 같은 불빛 몇 점, 가동되지 않는 모노레일

인적 없는 검은 바다마을 어디든 종착지가 같을 수 없는 두 마음이 파도 끝에 달리는 하얀 물꽃 같다

수평선 끝에 앉은 두 개의 섬이 멀리 집게손가락 끝에 나풀거렸다

섬으로도 그려 넣을 수 없는 섬
휘영청 달이 걸려도 달빛이 될 수 없는 섬

물초

중심을 받쳐주던 파라핀의 기억들이 꽃잎처럼 얇아진다
약한 입김에도 꺼질 듯 밀렸다 제자리로 돌아온다

띠 동갑의 그 여자가 내 남자와 헤어지라고 말한다
수컷만 남은 굴레를 강요하지 말라고 한다

뜨겁게 달궈진다는 건 빙점을 향해 나아간다는 것
그걸 몰랐던
어리석은 화상火傷의 시간들이 출렁댄다

소문은 늘 마지막에 들려온다

바람의 칼끝으로 너를 건드려 본다
촛농처럼 눈물이 절로 흘러내린다

환하게 밝히던 양초는 단단했던 제 몸을 기억이나 할까
그가 있던 자리에 맑은 고름이 그득하다

플라타너스

11남매 중 맏딸
매연구덩이에 서 있던 플라타너스

종갓집 맏이에게 시집 간 그녀
달랑 이불 한 채 혼수로 어금니 물고 견뎌야했던 시집살이

시부모 병시중을 도맡아하면서도 힘들다하지 않던 그녀가
나락처럼 누릿누릿 변해갔다

걸핏하면 시어머니에게 대들고 밥상을 뒤엎고 욕이며 삿
대질이며
끝내 정신병원으로 실려 가던 날

어린 두 딸과 부둥켜안고 얼마나 울던지

플라타너스 이파리가
투욱 툭
그녀의 병실 창가에 스치듯 앉았다 떨어졌다

노각무침을 먹으며

임신중독증 황달의 그녀가 밭고랑 비닐 덮개 위에 헉헉
거린다

속살 뽀얀 피부 밖으로 촘촘히 가시를 달고 도도히 매달
려 몸매 자랑에 손대지 말라 으름장까지 놓더니

가문 논 갈라지듯 임신 선 생기고 온몸이 부풀어 있다

몸속 가득한 씨앗들
좀 더 단단하게 여문다 날마다 태교 중이다

달궈진 지열이 턱밑까지 차오르고 살이 찢어질 듯한 폭우
에도 우박에도 입에 달고 산 소리소리

잘 자라야 한데이 그래야 어매가 죽어도 죽은 게 아닌 기라

지금쯤엔 구중심처에서 떠돌고 계시진 않겠지
문득 어머니가 보고 싶다

비누

욕실바닥 구석진 곳에 바싹 말라버린 비누가 붙어있다

떼어내 물을 묻혀보니 이내 거품으로 변한다

비누가 사라졌다

비누라는 고유명사, 비누라는 운명

어떠한 더러움도 결코 거부한 적 없다

나도 이 사람 저 사람 가리지 않으며 그 마음들을 깨끗이
씻어줄 수 있을까

한평생 거품으로 살다간 인생 앞에서 더러운 입 거품을
내며 물어본다

비너스의 꽃바구니 *

동경여행 중에 행복한 결혼의 상징이라는 비너스의 꽃바구니를 봤다. 작은 원통형의 한 뼘 남짓 길이의 흰 격자무늬 생물, 새우는 유생기幼生期에 이 체벽의 작은 구멍 속으로 빨려 들어가서는 어린 몸이 커져버려 밖으로 나가지 못한 채 어릴 때 만난 짝과 해로偕老하는 영원한 사랑의 상징.

15살 어린나이에 할아버지를 따라와서는 마을 밖으로 떠난 적이 없다는 봉화 할머니, 꽃 진 자리마다 골동품처럼 빛이 났다. 난리통에 전염병으로 일찍이 생긴 가슴속 네 군데 무덤이 더 이상 무겁지 않다던, 동네잔치 대동 곗날 추석이나 설날에도 그녀의 입처럼 열리지 않던 대문, 나는 늘 궁금했다. 유플레크텔라 아스페르길룸Euplectella aspergillum처럼 내외가 함께 걷는 것도, 말을 주고받는 것도 본 적이 없다. 하지만 두 어르신, 약속이나 한 듯 나란히 떠나셨다. 우중 속의 운구행렬에 맞춰 너울너울 오동잎도 떨어져 내렸다.

동경유학 중 지진해일을 만난 딸애와 딸애의 남자친구, 운명적이라고 말하기엔 아직은 이른 나이. 나는 딸에게 주려던 비너스의 꽃바구니를 슬그머니 내려놓고야 말았다.

* 일본에서는 '비너스의 꽃바구니Venus's flower basket'라 불리는 바다 해면동물을 말려서 결혼선물로 주는 풍습이 있다고 하는데, 바다 속에서 비너스의 꽃바구니는 몸에 나 있는 수많은 격자무늬의 구멍을 통해서 어린 새우들이 자유로이 드나들지만 몇 번의 탈피과정을 거치면서 몸집이 커진 새우들은 더 이상 밖으로 나오지 못하고 그 안에서 평생을 살게 된다. 해로동혈偕老同穴, 가정이라는 창살 속에 갇힌 무료한 삶의 이면을 생각하게 한다.

시, 상처, 나, 당신 다루는 법

박성준 시인 · 문학평론가

시, 상처, 나, 당신 다루는 법

박성준 시인 · 문학평론가

시를 다루는 법

유현서의 첫 시집 『당신을 다루는 법』은 표제에서 유추되는 바와 달리, 무언가를 '다루는 지위'를 가진 시적 자아가 등장하지 않는다. 오히려 이 시집의 대다수 화자는 그 반대에 위치에서 세계를 대면하고 있는 것처럼 보인다. 타자를 장악하고 묶어 두어 제멋대로 사용하는 '방법'을 드러내고 있는 것이 아니라, 타자보다 자아가 협소해진 가운데 시행을 밀고 나가는 빈도가 더 잦다. 그러니까 누군가를/ 무엇을 다루기보다 누군가에게/ 무엇에 의해 '다뤄지고 있는' 화자의 시적 정황이 더 빈번하게 연출되는 셈이다.

가령 「흘러간다는 것」에서 "제 몸 부딪혀 만들어내는 물무늬가/ 사실은/ 제 울음소리의 몸"이라는 것을 견지하는 성찰적 자아의 면모라든가, 「나의 사랑 단종」에서 "나는 당신의 아내/ 당신의 어머니/ 당신의 애인"으로 주체를 탈바꿈하며 단종에 대한 극진한 연민을 드러내는 모습들, 바닥의 의미를 실패나 끝이 아니라 "밑으로 깊숙이 파고들어 …… 하늘에서 바닥을 내려다보라는 말"(「바닥이라는 말」)이라고 사유해내는 태도들이 그렇다. 이 시집의 대다수 화자는 모두 세계에 대한 따뜻한 연민을 바탕으로, 훼손되고 손실된 자리마다 자신의 곁을 내어주는 태도를 줄곧 유지하고 있다.

그렇다면 왜 유현서는 자신의 시적 의지와 정반대가 되는 '당신을 다루는 법'이라는 표제를 택한 것일까. 이 질문에 대한 답을 구하기 위해 표제작 「당신을 다루는 법 – 열쇠와 자물쇠」를 서둘러 독해하는 것을 지양했으면 한다. 시적 태도와 반대되는 표제를 굳이 선택한 이유는 독자에게 충분히 곱씹고 되돌아가라는, 시인의 의도가 깔려 있을 듯하다. 그러니 왜 시인이 '다루는 법'이라 언명했는지 에둘러 살펴보자.

우선 '시인의 말'을 경유해보는 것도 좋겠다. "올리브나무의 전생은 무엇이었을까…… 나의 시 쓰기는/ 올리브의 등을 토닥이고/ 목청껏 호명해주는 일// 하지만 함께 살아내려는 힘"(「시인의 말」)이라고 했다. '올리브의 전생'이 무엇인지 이 시집에서는 명확한 태가 발견되지 않으나, 일반적으로 올리브나무의 원형 상징을 통해 유추가 가능하다. 성서에서의 종교적 의미가 투사된 '평화'나 '구원'의 의미가 그것이다. 구약에서 노아가 비둘기가 물어 온 올리브 나뭇가지를 확인하는 행위를 통해 홍수가 끝났음을 감지했던 것처럼, 올리브는 평온의 시작을 알리는 기표였다. 아울러 파국의 현실을 개진하는 메시아적 신호이자, 형벌의 종결과 구원 가능성의 시작을 알리는 상징이기도 했다. 그러니

신약에서 올리브나무의 기표가 예수의 상징으로 빈번하게 등장하는 이유 또한 이와 깊게 연유된다고 볼 수 있다.

다시 말해, 유현서가 딛고 있는 '지금 이곳'은 구원이 필요한 땅, 훼손된 불모의 땅이라는 것은 물론이거니와, 치유를 받아야만 하는 곳으로 이곳을 가시화하고 있다는 점을 미리 알아둬야 할 것이다. 그 때문에 시인은 이곳을 버티고 있는 이들은 '살아가는 것'이 아니라 "살아내"는 일을 반복하고 있다고 표현한다. 그렇게 상처받고 구원이 필요한 이들에게 토닥이고 목청껏 하나, 하나 호명하면서 "함께"하고 싶은 마음, 그 마음이 유현서에게는 '시를 쓰는 일'이라고 인지되었던 것이다. 나보다 당신, 당신보다 당신들의 유대(공동체), 그럼에도 불구하고 나에게서 비롯된 연민이 선행하는 마음이 이 시인의 시적 정동의 발생지라고 볼 수 있다.

그 때문에 이 시집을 읽을 때는 한 가지를 주목해야만 한다. 시인의 시선이 닿는 자리들이 너무 낮은 곳이거나 이미 훼손된 파국의 상황이라서, 그곳을 딛고 일어서는 연민들이 다소 세계와 쉽게 화해하고 있는 것처럼 읽힐 수도 있다는 점이다. 하지만 이 또한 유현서가 '다루고 있는 시'의 다른 모험의 형태라는 것을 참작하자. 그것은 화해가 아니라 '위로'와 '치유'로 좀 더 가까이 다가가려는 유현서 시가 가진 공연성公演性일 수 있다.

가령 시인이 시 낭송에 조예가 깊은 이유 또한 이와 연유될 수 있다. 어떤 시는 여전히 음악이 되려고 하고, 노래가 될 수 있는 믿음으로 활자 차원에서 탈피되려고 한다. 낭송되기도 하고 연희가 되기도 하는 시의 가능성이다. 해서 때때로 종이 속에 갇힌 벌거숭이 시는 제 율격을 찾아 노래가 되길 원한다. 노랫말이 사라진 노래가 제 몸이었던 말을 찾아 헤매듯, 넝마주이 옷만 남은 가락이 말뜻을 찾아 이 입에서 저 입으로 옮겨 다니듯, 현대시 정립 이후 시와 음악은 이별하고 나서도 끝끝내 헤어지지 못하고 서로가 서로를 견주는 매질媒質이었다. 그러니 유현서에게 '시를 다루는 법'이란 정동과 효용이라는 두 가지 차원에서 이해가 가능하다. 시인 스스로 고백한 바와 같이, 시를 대하는 시인의 정동의 차원에서는 누군가를 위로하는 일이고, 호명하는 일이며 누군가와 '함께' 살아내는 힘이라 볼 수 있을 것이다. 그리고 시를 효용하는 방법의 차원에서는 연희를 통해 주변과 더불어 시를 나누고, 시인이 시를 낭송함으로써 활자 아래깨에 깔린 깊은 상처를 길어 올리는 정서적 치유의 산물로, 시를 활용하려는 의지가 투사된 것으로 볼 수 있다. 그러므로 시인에게 시는 '다뤄지는 객체'이기보다는, 시인 스스로를 지탱하게 하는 삶의 한 양식이라고까지 명명할 만하다.

상처를 다루는 법

이제 유현서가 타자들의 '상처' 부위를 어떤 시선을 통해 다루고 있는지 구체적으로 살펴보자. 다시 언급하지만, 이미 유현서는 '살아낸다'고도 했거니와 '다독인다'고도 했다.

물을 머금은 연잎을 보다 연잎이 된 물을 보다 물의 형태
를 완전히 벗은 물을 보다

겨울이 그린 판화 속에 내 몸의 옹이를 그리다

꺼내지 못한 마음을 꺼내 더욱 꽁꽁 얼리다 죽을 때까지
세상 밖으로 나오지 못할 얼음덩어리를 겨울연못에 심다
　—「상처」 부분

산책숲길 그루터기에 앉아 거친 숨을 고릅니다
턴테이블을 돌고 있는 LP판의 바늘침처럼 서서 수천의
얼굴을 밟습니다

배불뚝이, 지팡이, 모자, 애호박, 간고등어, 신문지에 말
린 돼지고기, 3kg짜리 삼양설탕 얼굴

결 고운 물결무늬의 트랙들이 가지런한 치아처럼 드러
납니다

한쪽으로 치우치거나 끊긴 기형도 있습니다만 제각각의
내력들이 소리 없이 뛰쳐나옵니다
　—「나이테」 부분

인용한 두 편의 시에서 화자는 모두 상처를 엿듣는 자세
를 취한다. 「상처」에서는 겨울 연못에 말라붙은 연잎의 내
력을 찾아 제 마음속에 판화를 세기는 장면으로 '물의 내력'
을 되묻기도 하고, 「나이테」에서는 "산책숲길 그루터기에
앉아" 화자의 몸이 턴테이블의 바늘이라도 되는 양 '나무의
내력'을 되짚어내기도 한다. "배불뚝이, 지팡이, 모자, 애

호박, 간고등어, 신문지에 말린 돼지고기, 3kg짜리 삼양설탕 얼굴" 등등 그루터기 위에 쉬어갔던 이들의 얼굴들이 스쳐 지나가고, "물을 머금은 연잎을 보다 연잎이 된 물을 보다 물의 형태를 완전히 벗은" 벌거숭이 연못 곁에 화자는 제 몸을 기꺼이 "옹이"로 내어주기도 한다. "꺼내지 못한 마음을 꺼내…… 죽을 때까지" 약동하던 그 상처의 길들은 "치우치거나 끊긴 기형"이거나 "거친 숨을 고"르며 끝끝내 거기 있는 삶의 군상들이겠지만, 화자는 못내 그 "수천의 얼굴을 밟"아 내야만 한다. 상처를 쥐고 죽은 것들의 상처를 엿들어보면 죽은 것도 단지 죽은 것만은 아니기 때문이다.

'겨울 연못'과 '나무 그루터기'는 이미 생명이 소거된 장소다. '물'도 '나무'도 이제 더 이상 흐르거나 자라지 않고, 율동하지도 않는 멈춘 존재들이다. 이미 주검이 드리운 현재의 시점에서는 생동하던 과거를 화자는 호출할 수밖에 없다. 즉 죽은 곳을 다시 일깨우는 일을 통해 '멈춤(죽음)'을 전복시켜야만, 이미 정지된 '그곳'이 이곳에서 재현될 수 있는 것이다. 물론 이와 같이 죽은 것들의 내력을 기술하고 엿듣는 일은 '죽은 것'을 당장 살리겠다는 의지의 투사가 아니다. 아니, 이미 죽음이 드리워지거나 정지된 상태가 결정된 정황들이 지속되는 가운데 시적 화자는 어떤 행위들을 통해 이곳을 복원하는 데에 애쓰는 모습을 엿보인다. 그러니 '죽음'을 '살림'으로 되돌릴 수 있는지 고민하는 태도를 추동하는 시적 화자의 자세가 더 가시화되어 있는 형국이다. 상처를 되돌릴 수는 없지만, 상처를 내버려 둘 수도 없다는 필생의 자세이기도 하다.

이러한 '상처—죽음'에 대한 연민은 우선 3인칭 타자의 내력을 복원하는 방식으로, 이 시집에서 수차례 되풀이되는 것을 목격할 수 있다. 특히 시적 화자가 훼손된 정황/ 타자 곁에 '머무는 행위'를 통해 연민의 정서를 투사하는 시편으로는 「못이 박히다」, 「능소화에 부치다」 등이 있다. "사람이 못이 될 때 가장 아프다"(「못이 박히다」)고 스스로 타인에게 상처가 된 자리를 되짚는다든가, "늘 꼿꼿한 슬픔 하나가 나를 주저앉힌다"(「능소화에 부치다」)고 남의 슬픔을 나의 것처럼 다루는 자세들이 그렇다. 이는 일종에 상처의 재구성이자 죽음, 정지된 것들의 재복원이다. 우리가 세상을 살아가면서 상처 주고 상처받는 관계를 반복하면서, 누군가를 죽이고 죽임당하는 필생의 내력 속에서, '나'는 어떤 자세로 세상을 살아가야 하는지 나에게서부터 타자에게까지 되묻는 연민의 정서를 유현서는 시를 통해 풀어내고 있다.

활어횟집 수족관에 빼곡한 물고기들
죽을 차례만 기다린다

뺨들을 비비며
비켜나간 서로의 안부를 묻는다

견딤

죽음과 견딤의 값으로
방부제가 날까 항생제가 날까
뜰채가 잠시

한눈을 파는 사이

나의 공복은
또 어떤 살해를 꿈꾸는지
내 몸 곳곳에서 비늘로 돋는 허기

나는 누구의 뺨을 만져봐야 하는가
— 「견딤의 방식」 전문

죽음을 다루는 또 다른 가편 중 하나인 「견딤의 방식」은 죽을 차례를 기다리는 수족관에 물고기들을 주시하는 시적 화자가 등장한다. 화자는 "죽음과 견딤의 값으로/ 방부제가 날까 항생제가 날까"라고 묻고 있는데, 사실 이는 죽음을 목전에 둔 활어들을 보고 던지는 질문만이 아니다. 바다와 헤어지고, 바다에서 건져 올린 활어는 이미 그 순간부터 죽음을 예비하고 있는 존재들이다. 수족관에 담겨 산 것인 듯 아닌 듯 "뺨들을 비비며/ 비켜나간 서로의 안부를 묻"는다고 한들, 활어들은 도무지 살아 있는 존재라고 볼 수 없다. 죽음을 잠시 유예했을 뿐이다. 죽어야 마땅하지만 죽기 전까지 싱싱해야 할 처지에 놓인 그런 존재들의 견딤 방식이란 무엇일까. 죽기 직전까지 신선함을 유지할 화학적 용매로 방부제를 택해야 할까, 항생제를 택해야 할까. 이 물음은 '바다'가 아닌 '수족관'에 갇혀 살고 있는 우리들의 삶을 상징한다. 진정 사는 것이 아니라 죽음을 예비하고, 지금 이곳을 '오랜 잠시' 견디고 있는 우리의 파국을 대리해서 연출한 것으로 볼 수 있다.

언제 벼랑이 될지도 모르는 앞날의 불안들은 우리의 현재를 "한눈을 파는 사이"도 만들지 못할 만큼 조급함으로 내몰았다. 아울러 이곳에서 끝끝내 연명해야 할 삶의 의지들은 "공복"을 일으켜 "몸 곳곳에서 비늘로 돋는 허기"를 만들었다. 그로 인해 또 누군가에게 "어떤 살해를 꿈꾸"게 하는 무한한 폭력을 유발하고 그 폭력과 억압들로 인해 수족관 속 상징 질서들은 유지되곤 하는 것이다. 그렇다면 이곳을 개진할 수 있는 어떤 희망도 없는 것인가. 그렇게 산 것도 죽은 것도 아닌 가운데 '살아내다'가 죽으면 그만인 삶인 것인가. 이 시에서 가장 주목해서 읽어야 할 구절은 "나는 누구의 뺨을 만져봐야 하는가"라는 부분이다. 시적 화자에게 죽음을 선택당하고, 죽음을 직전에 둔 활어를 보면서 누군가의 따뜻한 뺨을 만지는 사랑과 소통의 정서를 투사시키고 있는 것이다. 이는 언뜻 보면 그로테스크한 행위처럼 비춰질 수도 있겠으나, 화자는 이미 수족관 속에서 살아가는 활어들의 생리 또한 서로가 서로를 만져주는 연민의 세계로 조직해둔 바 있다. 온몸이 비늘로 덮여 몸 전체가 뺨처럼 보이는 누운 활어들의 수족관 속 조심스러운 유영 행위를 시인은 "뺨들을 비비며/ 비켜나간 서로의 안부를 묻는다"고 표현했다. 곧 죽을 처지에 놓일 그것들이 먼저 살겠다고 바닥으로, 더 바닥으로 가라앉는 생태를 보이는 것이 아니라 끝까지 서로의 안부를 묻는다고, 뺨을 서로 어루만져 주고 있다고 형상화한 것이다. 그러므로 이 시 말미에 "누구의 뺨을 만져봐야 하는가"란 질문은 역설적으로는 이런 질문이 아닐까. '우리는 오늘 누군가의 뺨을 만지며 사랑을 전했는가', '당신은 혹은 나는 누군가에게 따뜻한 사람이

었는가'를 반문하는 진술이 아닐까. 이런 태도가 유현서가 다루는 상처의 치유 방법이라면, 우리는 잠시 고개를 끄덕여볼 수 있을 것이다.

나를 다루는 법

이처럼 따뜻한 정서는 어디서부터 비롯된 것일까. "나도 이 사람 저 사람 가리지 않으며 그 마음들을 깨끗이 씻어줄 수 있을까/ 한평생 거품으로 살다간 인생 앞에서 더러운 입 거품을 내며 물어본다"(「비누」)는 진술처럼, 필생을 건 자의 정결한 결의의 근원지는 어디였을까. 아마도 유현서에게는 어머니의 죽음과 모계로부터 이어지는 연민의 내력이 자기 삶의 '맺힘'으로 남아 있었던 듯하다.

어머니는
서리 단풍처럼 빨개지신다

평생 조여만 왔을
꽃살무늬
— 「요실금」 부분

11남매 중 맏딸
매연구덩이에 서 있던 플라타너스

종갓집 맏이에게 시집 간 그녀
달랑 이불 한 채 혼수로 어금니 물고 견뎌야했던 시집

살이

　시부모 병시중을 도맡아하면서도 힘들다하지 않던 그녀가
　나락처럼 누릿누릿 변해갔다

　걸핏하면 시어머니에게 대들고 밥상을 뒤엎고 욕이며 삿
대질이며
　끝내 정신병원으로 실려 가던 날

　어린 두 딸과 부둥켜안고 얼마나 울던지

　플라타너스 이파리가
　투욱 툭
　그녀의 병실 창가에 스치듯 앉았다 떨어졌다
　─「플라타너스」 전문

　양쪽 눈 밑이 검게 변해가던 형광등
　며칠 전부터 깜박임이 심상찮다
　천장에 바짝 드러누워 꼼짝 못하고
　어머니, 말기 암의 거친 숨 몰아쉰다
　─「형광등」 부분

　어머니 장례식 날
　게걸스럽게 돼지국밥을 비워내던 임신 중의 나처럼
　한 우주는 또 한 우주를 먹여 살린다
　─「늙은 호박을 가르며」 부분

인용한 네 편은 모두 이 시집의 시적 화자가 자신의 어머니를 형상화한 대목들이다. 물론 네 편에서 유추할 수 있는 정황들과 사연이 모두 화자 어머니의 서사였다고 단정할 수는 없다. 그러나 대체로 명징한 부분은 화자의 어머니는 병상에서 투병 중에 세상을 떠나신 것으로 보인다.

어머니는 생전 "걸핏하면 시어머니에게 대들고 밥상을 뒤엎고 욕이며 삿대질이며" 서슴지 않았던 대장부였지만, 한국의 재래 여성으로 살아내신 어머니의 삶은 "서리 단풍처럼" 평생 제 자신을 "조여만 왔을/ 꽃살무늬"만 같아서 "어린 두 딸과 부둥켜안고" 울던 날이 더 많았을 것이다. 그러다 수명이 다한 형광등의 양 끝처럼 "양쪽 눈 밑이 검게 변해가던" 날이 지속되고, 종국에 어머니는 "바짝 드러누워 꼼짝 못"하게 되셨다. "말기 암의 거친 숨"을 몰아 쉬는 가운데 "그녀의 병실 창가에 스치듯" 플라타너스 이파리가 그리 고되게 살아온 날을 다 알고 있다고 "투욱 툭" 끄덕이고 있다. 이때 병상의 어머니는 어떤 마음이었을까. 이미 다 소진되어 땅으로 되돌아갈 몸, 이제 와 "종갓집 맏이에게 시집"가 "시부모 병시중 도맡"던 그 세월을 누가 보상해 줄 수 있을까. 그 모습은 "매연구덩이에 서 있던 플라타너스" 같이 처량하지만, '처량하다', '안타깝다'라는 한두 마디로 해결이 될 시간도 아닐 것이다.

"심지만 남은 꽃잎은 벌써 땅으로 돌아눕습니다/ 되돌아가는 저의 모습이 추합니까/ 꽉꽉 밟아주신다면 통하겠습니다"(「목련꽃잎을 밟다」)라는 마음처럼, 혹은 "등 굽은 어머니처럼/ 무너진 건물 틈새를 비집고 들어와/ 어린 질경이에게 수유하는 햇살 한줌"(「무너진 건물 틈새로」)의 보살

핌처럼, 제 모든 것을 다 내어주고도 더 주고 가겠다는 모성은 이 시집의 시적 화자로 하여금 세상을 어떻게 살아가야 하는지 '모계의 윤리학'을 가르치고 있다. 물론 여기서 '윤리'란 어머니처럼 희생하고 희생당하는 것을 당연히 받아들이고 살아가야 한다는 지침이 아니라, "어머니 장례식 날/ 게걸스럽게 돼지국밥을 비워내던 임신 중의 나"를 되돌아보며, "한 우주는 또 한 우주를 먹여 살린다"는 모계의 사랑과 그 생태의 관계라고 할 수 있다. 다시 말해 현재 두루 공감되는 수준에서 모성을 되새긴다는 차원에서의 윤리관이다.

> 밀물과 썰물의 몸 섞는 소리
> 등 굽은 염부의 고무래질하는 모습으로 들락거린다
>
> 그 여자는 끝내 나를 찾지 않는다
> 그 여자의 피가 내 몸속에서 썩지도 않고 숨어 있다
> ─「소금창고에서 소금 찾기」부분

> 함께할 사람 없나요? 스크롤링 되는 상단에 뜬금없이 '엄마를 죽이고 싶다'의 자막이 흐른다
>
> 네모박스 검색란에 '엄마'를 쳐본다
> 어머니 어머님 어미 엄마 모친 새엄마 의붓어머니 계모 아내 마누라 아줌마가 일시에 고개를 쳐든다 와이프 처 허스밴드 가족이란 집합명사까지

때마침 메시지 알림서비스가 수신된다
부에노스아이레스에서 전송된 핸드폰 사진
헬로우 마미!
딸아이가 손을 흔든다
—「헬로우 마미」 부분

　범박하게 말하자면, '소금창고'가 가진 상징 기표는 한국의 재래적 모계 사회에서 쓴눈물을 삼킨 어머니(들)의 비유라고 볼 수 있다. 여기서 화자는 "밀물과 썰물이 몸 섞는 소리"를 듣고 그 소리의 근원을 따라 저 자신도 그처럼 쓴눈물의 소금 뼈다귀로 살아야 하는가 반문하는 형국이다. 그러나 화자는 그것들과 저촉하고 와해하는 순간, 순간의 삶을 "그 여자는 끝내 나를 찾지 않는다/ 그 여자의 피가 내 몸속에서 썩지도 않고 숨어 있다"는 진술로 갈무리한다. 벗어나고 싶으나 벗어날 수도 없고, 이미 벗어났다고 하나 그저 단순히 나는 '재래 여성'이 아니라는 선언만으로는 그간 살아온 시간을 삶에서 소거할 수 없었던 것이다. 그러니 시적 자아의 곡진한 고백이 여기에 스며들 수밖에 없다. 화자에게 '어머니'라는 존재는 그렇게 무지하게 희생하며 살지 말아야 할 존재이기도 하지만, 여전히 그 희생을 통해 현재의 나를 구성하고 있는 사람이며, 나 또한 그런 윤리관과는 '완전한 결별'을 할 수도 없는, 또 다르게 구성된 여성 주체라는 것이다. 그 때문에 시적 화자는 다시 세대를 지나 나와 딸의 위치에서 고민하는 자아가 된다.
　가령 판단 없이 정황만 늘어놓고 있는 시편「헬로우 마미」가 특히 그러하다. 웹상에서 "함께할 사람 없나요?"라고 묻는 모집 주체의 의도는 "엄마를 죽이고 싶다"는 것이다. 1연에서 화자는 어떤 판단도 하지 않고, 검색을 통해 수많은 엄마를 호출한다. "어머니 어머님 어미 엄마 모친 새엄마 의붓어머니 계모 아내 마누라 아줌마 …… 와이프 처 허스밴드 가족이란 집합명사까지" 이 모든 엄마는 아무리 다시 읽어 보아도 각각 다른 엄마들이다. 호칭에 따라 전혀 다른 권력 관계와 억압 관계가 각각 다르게 교차되는 '엄마들'이라고 볼 수 있다. 다시 말해 우리 여성의 삶은 이 수많은 엄마들로 주체 변환되어 살아왔던 것이다. 그리고 이런 호칭들 속에서 화자인 나 또한 자유롭지 않았다. 그 수많은 다인칭의 엄마들을 모두 죽이고, 내가 거쳐왔던 엄마들도 내 안에서 죽이고 싶다는 생각이 일순간 화자는 교차했을 것이다. 그러나 그때 "부에노스아이레스에서 전송된 핸드폰 사진/ 헬로우 마미!/ 딸아이가 손을" 흔드는 메시지가 도착한다. 그리고 이에 대해 시적 화자는 더 이상의 가치 판단을 하지 않는다. 판단하기보다 딸아이의 모습을 보고 모든 생각을 유보하게 되는 것이다. 이런 종결은 실상 유보라기보다는 딸의 입장에서 자신을 다시 3인칭화시키는 정황이라 볼 수 있다. 그러면서 자신에 대해 다시금 성찰해보는 것이다.

물론 유현서의 선택은 이 시집 어디에서도 구체화되어 드러나지 않는다. 그러나 분명한 것은 이 시집의 화자가 품고 있던 타자에 대한 '연민'이나 '치유'의 기표들로 미루어 보건대, 화자는 훼손된 세계를 정합으로 돌릴 동력을 '생명'에서 찾고 있는 것으로 보인다. 그러니 모계의 희생과 사랑은 정합으로 가는 보충적인 정동인 동시에, 모성적 질서 또한

이 세계의 억압을 견뎌온 수많은 주체가 퇴적된 산물이었던 것이다. 그 때문에 우리는 그곳에서 '생명'의 기표만 취하는 것으로 와해와 보존을 동시에 시도할 수밖에 없다. 가령 꽃눈이 제 몸을 "밀어 올리는 힘의 중심에서" 앞으로 살아갈 방향을 견주듯이, 하나의 생명이 새 시대를 살아갈 희망을 찾을 때, 유현서는 그곳에서 "나였던 것들이 살아가는 방법"(「꽃눈」)이 있을 것이라고 궁리한다. 다시 말해, 생명이 움트는 곳에서 지금—이곳을 살아내는 방법을 찾겠다는 의지이다.

당신을 다루는 법

난 꿈꿔요 당신의 몸속에서 유영하는 꿈을,

아무 때나 받아주지 않기에 속이 타요 하루에 딱 두 번, 출근할 때와 늦게 귀가하는 밤

스스럼없이 줘요

당신에게 들어갈 땐 절대로 급하게 굴면 안돼요 당신 몸이 열릴 수 있도록 아주 부드럽고 매끄럽게 살살 노크해야 해요 서두르면 반드시 탈이나요 너무 긴장해 나를 받아주질 못할 때도 있어요 그럴 땐 아주 부드럽고 매끄러운 윤활제가 필요해요

또 또각거리는 소리가 들리네요 혼자가 아니에요. 저들

도 우리처럼 하나가 되길 원하나 봐요

왜 이리 뜨거워지죠 숨이 가빠오네요 철커덕, 당신이 열
리네요
　— 「당신을 다루는 법」 전문

이제 '당신을 다루는 법'에 대한 비밀이 어느 정도 풀릴 듯
하다. 하나가 될 수 있다는 믿음, 와해가 아니라 화합, 억압
이 아니라 '토닥임'(「시인의 말」)을 통해, 우리에게 당도한
이 폭력의 세계를 우리는 스스로 '다룰 수 있는' 사람으로
거듭나야 한다. 이러한 정합의 세계관을 유현서는 열쇠와
자물쇠의 상징을 통해 찾고 있다.

　"스스럼없이" 모두 다 주고도 나에게서는 '빼앗김'이 없
는 것처럼, 열쇠가 자물쇠를 훼손하지 않고 자물쇠를 열 듯
이, 앞으로 우리가 살아갈 세계는 혼자가 아니라 "우리처럼
하나 되길" 원하는 마음이었으면 한다는 믿음이 유현서의
첫 시집에는 투사되어 있다. 앞으로 유현서가 자물쇠를 열
어 개방할 저 건너편의 세계를 기대해 본다.

유현서

유현서 시인은 1964년 강원도 원주에서 출생하였으며, 2010년 『애지』
로 등단하였다. 2009년 제1회 여성조선 시문학상 및 전국재능시낭송대
회 수상을 계기로 KBS 성우아카데미 심화과정을 이수하였으며, 충무
아트홀 예술아카데미, 한국여성문예원 등에서 시낭송강의를 했다. 현재
「함께하는 시인들 시문화연구회」 대표를 맡고 있다.

유현서 시인의 첫 번째 시집인 『당신을 다루는 법』은 시를 다루는 법이고,
'시를 다루는 법'이란 정동과 효용이라는 두 가지 차원에서 이해가 가능하
다. 시인 스스로 고백한 바와 같이, 시를 대하는 시인의 정동의 차원에서
는 누군가를 위로하는 일이고, 호명하는 일이며 누군가와 '함께' 살아내는
힘이라 볼 수 있을 것이다.

이메일 : yys0213@hanmail.net

유현서 시집

당신을 다루는 법

발   행   2019년 11월 20일
지 은 이   유현서
펴 낸 이   반송림
편집디자인 김지호
펴 낸 곳   도서출판 지혜 • 계간시전문지 애지
기획위원 반경환 이형권 황정산
주   소   34624 대전광역시 동구 태전로 57, 2층 도서출판 지혜 (삼성동)
전   화   042-625-1140
팩   스   042-627-1140
전자우편   ejisarang@hanmail.net
애지카페   cafe.daum.net/ejiliterature

ISBN : 979-11-5728-376-7 03810
값 9,000원